Sarah Kirsch

Irrstern

Sarah Kirsch

Irrstern

Prosa

Deutsche Verlags-Anstalt
Stuttgart

Hahnenschrei

Es ist ein nettes Gefühl so früh am Morgen weit vor das Haus zu treten wenn die Lerchen in der eiskalten Luft sich befinden und mit Singen befaßt sind. Die Höfe mit ihren Kuhstallichtern wie vertäute Schiffe liegen sie weit in der Ebene drin und die Stalltüren gähnen alle Augenblicke mistkarrende Bauern hervor und es hat schon den Anschein als würden die Fröste länger nicht dauern. Wenn man ein Pferdchen besäße man könnte es ohne Zögern besteigen und auf der Kruppe des Deichs dem Flußlauf tagelang folgen ohne an Umkehr zu denken. So aber wird man zu Fuß durch den löchrigen Nebel gehn seine Pflichten erfüllen.

Die Fähre

Schneereste liegen weit in der Ebene drin die sich auf einer geübten Netzhaut in Schafe verwandeln. Und Wolken bauen sich auf, Abbilder ferner Gebirge mit Gletschern lachenden winkenden Almen. Anderes als einen blutigen Schein der sich im Wasser verspiegelt hat das Gestirn nicht zu geben. Die einzige Straße ist mit roten Fahnen geschmückt was hier im Gegensatz zu Apolda und Moskau die Bedeutung hat ortsfremden Chauffeuren verstreuten Mist pflichtschuldig anzuzeigen wenn sie umsonst der kleinen altmodischen Fähre zustreben die weiterhin in den Karten ihre unsichere Existenz fortzuführen gedenkt. Auf der anderen Seite des Flusses das Gasthaus mit den flatternden Lichtern glitzernden Scheiben der breiten angelehnten Tür ist ein verlockender nutzloser Anblick aus dem die Harmonika nächtelang spielt.

Eis und Schnee

Von hier sind es fünfunddreißig Kilometer zum einen fünfzig zum anderen Meer. Wenn der Sturm ausbleibt zwischen zwei Schlägen überfliegen verschiedene Möwen das Land und bringen später was ihr Name bedeutet. Jetzt liegen die Koppeln die sich kreuzenden Gräben wie eine Flickendecke, die blinkenden Wasser die Nähte Stacheldraht der eilende fliegende Faden bis an den Geestrand Moränengeschiebe der Eiszeit, ausgebreitet in einer Stille die den einen bescheiden einen anderen toll werden läßt. Die umgekehrten einzelnen Boote hinter dem Flußdeich krumme Klingen zerschneiden hellgraue Luft wenn es nach Schlick riecht im verspäteten Frühjahr. Der alte Landwirt mit der zerschossenen Hand läuft die Grasmiete in einer Art an die auf undichte Gummistiefel schließen läßt.

Drosseln

Auf der Straße befindet sich das Schneeparadies, Verwehungen Schneezungen über den Asphalt geschoben und zugeschüttete Gräben das falbe Schilf noch darin, Radspuren Tritte von Menschen und Hasen mit Blau ausgegossen in verschiedenem Maße je nach der Tiefe des Eindrucks dem Stand niederer Sonne. Zu große aufgepustete Drosseln in der schwarzen nach Nordost geneigten Allee bis der Milchwagen später als sonst die Reise beginnt das Tuckern des Treckers lange zu hören ist gar nicht zur Ruhe gelangen kann immer wieder in der blitzenden Luft hängt von Einöde zu Einöde schwingt sich am Mittag verdoppelt wenn der Trecker zurückkehrt mit sorglosen pfeifenden Kannen.

Fernrohr

Der Nebel kroch durch die Zäune und teilte Schwärme von Goldammern aus die in den Weidenbüschen sonderbar sprangen. Die goldenen Kehlen die Sonnenfarbe aus der Erinnerung nahm sich hübsch aus in den tropfenbehangenen Zweigen bis der Ton eines eisenbeschlagenen Stockes sie für immer vertrieb. Schon nahte der Wanderer auf schwankendem Boden versuchte am Flußlauf den begleitenden Ulmen sich halbwegs zu orientieren nach Dänemark rein. Darnach waren wieder für Wochen nur der Wind die immer lauter zwitschernden Vögel vernehmbar.

Vorwort

Es gelüstet mich seit langem einen Text über Schafe zu schreiben etwas Endgültiges aus ihrem Leben berichten. Noch hindert mich der geringe Umfang meiner eigenen Herde und die Jugend der Tiere daran und daß ich nicht genügend Bescheid weiß was denen sommers oder auch winters hin durch den Kopf geht wenn der Sturm einen Scheitel ins Vlies ihnen zieht wenn die Krähenschwärme slawische orthodoxe Vögel zumeist die hier überwintern ihnen den Himmel verziern.

Winterbesuche

Wir trinken ein paar Schlückchen Parfüm aus wundervollen Karaffen und halten die Füße ins Feuer wenn wir die Landkreise wechseln an der Kanalfähre die Glocke anschlagen. Nicht im Schlitten aber im Schneesturm gehts durch die Badeorte am Haus des Dichters des Schimmelreiters entlang worüber noch der Abendstern thront in den Schluchten furchtbarer Wolken wir auf dem leergefegten Tablett getragen vom knisternden Frost fahren von Leibgericht zu Leibgericht hin den wundervollen Karaffen.

Fata Morgana

Die Planetenwelt sichtbar am Morgen wenn die Schneefelder im wiederkehrenden Licht matt zu leuchten beginnen vom Nebel gebremst in der Niederung wo zwischen Himmel und Erde keine Trennung besteht eine Gruppe Weidengebüsch zusammen sich fand fremdartig unter der Reifhaut, der Rest abnehmenden Monds heller und dunkler je nach der Mächtigkeit ziehender Wolken in erhabener Höhe. Wie Tamarisken sich blühend verschwenden die Purpurweiden im eigenen Widerschein kaum ein Hof ist zu sehen kein Hahn kräht irgendwonach. Auf dem Weg der im Sommer der grüne stets heißt im Winter selten genannt wird fährt ein uralter Trecker sein Anhänger schaukelt verrückt während der Sturzhelm des Bauern rote Blitze aussendet. Der Helm der entweder ein guter Einfall sein mag gegen die hartgefrorenen Brocken wenn die Mistschleuder gleich in Rage gerät oder nur eine Dithmarscher Fata Morgana oder die Sonne die aufgeht der Mistwagen der Sonnenwagen alles verschwimmt doch im Nebel durchlöchert von Krähen weggerissen über den Fluß auf dem der Eisbrecher röhrt. Der zerbrochene Spiegel bringt Unglück für den der von Schlittschuhlaufen geträumt hat kartoffeldänisches Fluchen bis der Linienbus am anderen Ufer erscheint was bedeutet daß an diesem Tag Samstag ist und ein Schaltjahr.

Wettersturz

Die jungen grellen Zweige der Purpurweiden schlagen im Wind auf den Boden Sturmböen reiten heran von den nördlichen Meeren rolln über die Ebene drei Tage lang bis schlagartig hörbare flüchtige Stille einsetzt, die Elstern flogen quer übern Himmel kleine Vögel mit Spinnenfüßen sprangen durch das Feuer der Weiden. Es galt die abgestürzten Ziegel zu sammeln Heu und Stroh vom Stallboden tragen solange die Windstille anhielt. Wild griff ich die schwarzen Körbe voll Heu und stieg auf den Deich die kleinste Herde der Welt die zwei Schafe vor der Nacht mit Futter versehn, eines springt über Gräbelein das andere steht wohl unterm Dach wie gestern zu der Zeit versucht den Ballen Stroh zu zerreißen. Wenn es fehlte ich könnte es suchen und rufen die halbe Nacht und die Koppelzäune nähmen mir alle Federn. Mit dem Heutopf unterm Arm bückte ich mich dem Schuppen ein und sah das flüchtig verlorengedachte Tier fleißig am Strohballen zerrn aber das war das einzige nicht in der dämmrigen Höhle, es stand ein niegesehenes Lamm aufrecht im Stall und rief mit gläserner Stimme. Die Mutter brummte was in einer ganz neuen Art und leckte das Lamm das schleimig war und geringfügig blutig. Ich flog in den Galoschen über die Wiese so schnell sie es erlaubten Wasser zu holen und spürte Hohlheit im eigenen Leib als hätte ich gerade das Lamm hier geboren das mein erstes nun sein sollte für immer und die Knie schwankten wien hinfälliger Strommast und als ich zurück war brummte ich auch, ging dann ruhig meinem Alten die Kunde bringen und daß er ein Tor vor den Schuppen noch schlagen müßte im einsetzenden Regen.

Sonne und Mond

Es ist der erste Februar und das Eis raschelt auf der Eider in einem dieser zarteren Winde, eine Serie wüster Orkane zog schon vorüber. Die Nacht war klar, Orion das Schwert hing am Himmel, der Mond geht neuerdings sechsuhrdreiundfünfzig auf, da sitzt das Kind längst im Bus um auf irgendeine Weise doch in die Schule zu gelangen. Ein paar Stunden später frißt die Sonne den Reif von den Wiesen, die Schafe stehen in silberner Landschaft und weiden das verfilzte winterliche Gras.

Das Vertrauen

Wenn den Wiesen das Wasser zum Hals steht den Weideflächen der Niederung ist es Zeit die Gräben frisch auszuheben im Februar. Früher eine Knochenarbeit auf Wochen erledigt heute ein Lohnunternehmen alles im Handumdrehen. Am wendigen Arm trägt die Raupe das ideale Profil gleich in den Kiefern. Meter für Meter rollt sie über die Koppeln legt schwarze Kegel in regelmäßigem Abstand an die Ränder geradlinigen Wassers reißt trauernde Schilfinseln angesiedelte Sträuchlein empor, hinterläßt den aufgeräumten nüchternen Anblick. Nun heißt es auf wuchernde Gräser auf Flechten und Moos den Schierling vertraun, die verbliebenen Füße des Schilfrohrs und zukünftige Klauen von Rindern die jene Kegel zerstampfen, und auf die vorsorglich niedergelandeten Truppen des Löwenzahns vom vergangenen Sommer.

Auf dem Deich

Als ich meine Schafe die sehr klugen Tiere nebst den Lämmlein an einem trüben doch windstillen Tag aus der Hütte hervorquellen ließ und sie ein wildes Springen begannen mit quergestellten schwarzfüßigen Körpern erschien mir der Wintertag blau. Sah auch wie unterm bereiften filzigen Gras die Knospen des Bocksbarts vom Schöllkraut sich ordentlich streckten und wie die Maulwürfe eilig zu traben begannen den Stollen dem einer Braut zu nähern. Ach ich sah weit voraus bis ins Magma der Erde bis mich die Feueradern erschreckten. Warf den Blick hochempor wo der Habicht sich wiegte, dann herabfuhr, das bekam was er wollte. Die mistfahrenden Bauern weit in der Ebene drin im Netz der Gräben gefangen konnte ich an ihren Hütchen erkennen und mit verschiedenen Namen mir vorstelln. In den Fischgrätenbäumen hüpften die Vögel und schrien eingerosteter Stimmen. Die Lämmer suchten nach ihren Müttern wedelten mit kupierten Schwänzen wenn sie das Euter über sich hatten. Alles war nun ein freundliches Bild und wie geschaffen für Postkartenfotografen wohin man auch blickte.

Das Tauwetter

Der Fluß der sich betrunken hat manchenorts über das Ufer hingeht und schaukelnd die Bootsstege ganz überspült wenn der Sturm ins Gekröse ihm fährt und die lange gewachsenen Pappeln und Ulmen die wie Federn nun stehn und Fischgrätenbäume, der Fluß der die Ufer zerstört auf dem Bretter treiben und Türen weggerissene Stühle ein und das andere ertrunkene ungehütete Lamm die Spiegelbilder der Sterne wenn die Wolken zerspringen, er frißt sich seitlich ins Land schlägt den Fuß seines Deichs ab und dringt in die Höhle des Bisams bohrt kratzt mit stetigen Fingern woran die Schwimmhäute sitzen alle Brücken schnüren ihn ein er muß in die Ebene brechen den Weg abkürzen er verläßt das verächtliche Bett steigt unaufhaltsam daß die Bäume auf denen die feurigsten Unglücksvögel erst sitzen in stillem Schrecken versinken viel Zandern und Hechte durch die herrlichen Kronen schwimmen der Aal im Vogelnest ruht bis die Barometer wieder zu klettern beginnen die Wolkenbänke zerfleddern Blaues hervorrückt und niemand am anderen Morgen sagen kann wo das Wasser denn blieb auf den Wiesen, der Alte unten im eigenen Bett sich eingewühlt hat nicht aufsieht ehrerbietig geduldig jede Windung noch ausführt, die angeschlagenen Muscheln die Speise der Krähen rings auf die Wiesen verteilt im stäubenden Schnee.

Augenschein

Kurz vor Sonnenaufgang konnte man meinen die Dunkelheit fiele in kristallischen schwarzen Flocken herab eine Narretei für die Augen. Der Feuerball fährt in Dänemark auf. Die Stare sitzen selbstverständlich herum mit hängenden Flügeln schillernden Farben sehen weit über das Land. Die frischausgeschlüpften Blätter der Pappeln kaum sind sie vorhanden beginnt auch die Arbeit, schwerlich erkennbares zitterndes rötliches Grün verdrehte Stiele der Ansatz der Blätter bewirken ihre Bewegung so entsteht im zeitigsten Frühjahr der Eindruck fließender Luft rings um den Baum der Äther womöglich aus alten Gedichten. Eine Wiesenweihe entfernt sich jeden Morgen dieselbe wenn ich die Landschaft betrete zeigt triumphierend ihr Mäuslein.

Stiefmütterchen

Der fliegende Händler mit seinem schlotternden Automobil hat Stiefmütterchenpflanzen zu bieten. Kein einziges hab ich genommen weil es nur gelbe kistenweis gab. Eine Stunde später sehe ich vom Giebelfenster Frau Martens mit ihrer Schubkarre gehn. Sie holpert über die Koppeln lädt die Wanne voll Erde von feistesten Maulwurfshügeln. Wahrscheinlich hat sie Pflanzen gekauft deckt ihren Blumenerdebedarf auf altmodische Weise.

Wünschelrute

Hier versagt mir die angerühmte grünende Hand oder ich müßte über achtzig Finger verfügen wie eine brahmanische Gottheit, dieser schöngeschwungene seit Jahren unbescholtene Garten durchwachsen von Löwenzahnrüben Wurzel bei Wurzel ich seh nur noch Rosetten im Traum läßt mich nicht ruhn. Meterhoch blüht mir der Giersch sein unterirdisch wucherndes Flechtwerk muß man ermüden ihn oftmals mit der Sichel wegschneiden die echten Blumen verschonen schwerfällige Sträflingsarbeit und endlos, Satansgeruch wenn der Blätterwald umfällt. Teppiche aus Vogelmieren Plantagen anhängliches Klebkraut es sprengt jeden Zaun zu schweigen von Quecken und Winden klettern in die geduckten Bäume Nesselquartiere zaubrische Distelspaliere wien gleißender Niagara der Günsel Bilsenkraut Schachtelhalmwälder eine berauschende Urzeit grüne Pilze zuhauf, in Brombeerranken lebenslänglich gefangen und erst die unbehausten gemästeten Schnekken wie sie auf silbernen Spuren am Abend hin zu den Nelken gehn, mit der Wünschelrute such ich den Rettich mein Leib ist gerädert und nirgends der Ansatz einer geringen Anlage noch so fluche ich ungeschlacht weil mich Natur so schändlich über das Ohr haut ich nicht ihr Kompagnon werde vor sieben Jahren.

Mainacht

In der Mainacht mit aufgeblendeten Scheinwerferaugen die kleinen Straßen entlang alle Leuchtpfähle untergegangen in weißen Doldengewächsen weiter reichte das Licht aus den Blumen der Engelwurzschwemme seidenen Schirmen des Kümmels. Auf armem geflickten Asphalt eine tote leicht zusammengeringelte Katze die noch alles vom eigenen Wesen besaß. Am nächsten Morgen im Radio Mendelssohn wie Schumann gespielt von einem Pianisten der zum Schluß nicht genannt wird. Erinnerung an den Traum nach der Fahrt zuletzt durch die weißen Blumen. Todkranke während des Krieges sie waren völlig bei Sinnen baten zieht uns aus den Kutschen hervor erschießt die Pferde tragt uns ins Gras mit den Blumen. Mitunter wenn die Musik spielt man zu wenig schlief und nichts aß hat man die Welt in einem Punkt.

Vergangenheit

Wie lebendig ich bin in diesem Moment über den Ulmenkronen im auserkorenen Zimmer meine schönen Feldstecheraugen die eine rote Katze noch sehen fünf Kilometer weit in den Wiesen lesen einen alten Brief von Pavese den er nie abgeschickt hat mir fällt ein daß ich die frischeinquartierten Pflanzen beregnen muß bevor noch die Hitze herabfällt und gehe mit brennender Pfeife die Treppe hinunter durchquere die Küche darin sich die schlafenden milder gewordenen Fliegen befinden stehe im Hof vor grüngestrichenen Türen deren letzte ich öffne das Wasser anwerfe gleich bis zum Anschlag. Ich spähe durch die Ritzen vom Hecktor bleibe dahinter daß das klappernde Schloß die Schafe nicht aufhorchen läßt sie würden sonst rufen Leckerbissen verlangen während das Gras voller Tau liegt und ich in chinesischen Stoffschuhn drachenbestickt sehe den Regner sanft sich verbeugen nehme den gleichen Weg ins Zimmer zurück denke wie lebendig ich bin an diesem Morgen in diesem Haus die rote Katze in endlosen Wiesen ging wohl verlorn das Wasser in allen Leitungen rauscht und es stört mich kein Anblick niedergehender Wälder in diesem Landstrich der Himmel ist ein aufrichtiges Gehäuse der alte Schulmeistergarten hält mich in Atem wahllose Verwilderung Rosen dämmern im Windengeflecht werden mich jahrelang rufen. Die Drosseln rascheln in den Johannisbeerbüschen und Franz in der Charité liegt aufn langwierigen Tod mich bindet hier alles daß ich noch hierbleiben muß Irrlichter schaukelnde Blumen im Wind plötzliche Stille gestautes Nichts wenn die Gräser unbeweglich verharren die Luft in vielen Hüllen die Dinge umgibt und ich erstaunt bin die Kröte angestammt unterm Regenrohr langsam atmend mich ansieht bis wieder Schwalbenschreie den Tag durchdringen solange sie da sind.

Flurschaden

Vier Tage im Juni wütendster Sturm der im Handumdrehen alles verwüstet. Schwarze Wolkengebirge zerplatzen stellen die Sintflut vor, die Weidegräben verlassen Fußbreit für Fußbreit das Bett verlaufen sich in unsere Wiesen. Viel entwurzelte Erlen der abgedrehte Holunder wandern auf einziger Straße und hakenförmige Pappeln unter der Tatze, dem Alles bewegenden Hauch springenden gottlosen Winds, die Dunkelheit mittags bringen das Weltbild ins Schwanken. Kurz angebundene Tomaten Hopfen am Zaun unbeschreibbar seit die Böen sie quälten völlig zerrissen. Leergefegte Töpfe und Kästen verpustete Büschel dunklere Blätter rotgeränderte Blumen die mir am Deich entgegentreiben eine nette Begrüßung fußlos fürderhin alle und so verloren. Der niedergemetzelte Mohn sprengt die Knospen bevor er stirbt zeigt er Farbe. Elstern und Krähen heulen im Wind flattern beschäftigt vorüber kleine Vögel einsammeln verschlingen was es aus den Nestern geweht hat. Immernoch bin ich dem Sturm attachiert.

Strohmian

Weil der Sommer nur Niederschlag kennt haben wir das langwierige Heu schließlich auf einen Diemen gehenkt und ich gehe vielmal am Tag rundherum an dem Bild mich zu weiden. Verschwisterter blühender Holunder ein anhaltender Grasmückenton tragen mich ein Jahrhundert zurück es holt mir die Seele fast aus dem Leib wenn sich das Wunderbarste mit dem Gewöhnlichen verwischt und eine krummgebückte Alte hustend mit einem Hündchen den Deich heranschleicht.

Dunkler Sommer

Blauschwarzer Himmel hat sich tief über das Land gelegt Möwen hängen darin kalkweiße Flügel und Blitze. Die Schafe stehen neubepelzt in dichter leuchtender Form froh auf dem Deich mit frischbeschnittenen Hufen. So ist mir leicht weil diese Tiere im Moorland oftmals gepeinigt kniend nur fressen und die Besitzer prahlen unseren Schafen geht es so gut auf unseren fetten Wiesen daß sie zu faul sind sich zu erheben. Ein Bussard hängt gefaßt in den verwirbelten Lüften.

Boden des Meeres

Es war dieser Falkland-Sommer, als das verständige Land aber ein Königreich eben aufzuckte um seine letzten Kleinodien ein paar Schafe Farmer und Pinguine abenteuerlich Krieg zu führen begann. Wenn es tagelang regnete ich unter den ausgebreiteten sehr hohen Eichen umherging wie unter Wasser im dunkelgrünen Licht brennende Schiffe fest auf der Netzhaut glaubte ich oft ertrunken zu leben und wenn ich empor sah ins eintönigste Wasser zog etwas über mich hin das noch am ehsten den Kielen und Schatten der Kriegsschiffe glich. Hagelkörner wie Taubeneier fielen und lagen als Geschmeide unter durchschossenen Blättern auf den Viehkoppeln aus. Ein Vogel der mir ins Blickfeld geriet duckte sich eng an den Boden starrte in grünweiße Farben.

Spielraum

Die unermüdliche Sonne und Lämmerwolken erschaffen ein Schachbrett auf grünendem Land. Wechselnde Felder Schwarzgrün und leuchtende moosgrüne zärtlichste Wiesen. Die Bauern hüpfen herum das Heu noch erlangen während die Dame in Begriff steht den Kopf zu verlieren an einen Springer verbotener Farbe.

Kunde vom Wetter

Die Welt war nicht zu verbessern so voller Trübsal daß man den Trauerhut abreißen muß sich an sein klopfendes Hälschen greift während aus dem Kehlkopf ein geringes gelbes Kanarienlachen doch flattert.

Mondnacht

Assen Assen halberwachsener Sohn weiteren Nachbars anders geheißen doch nur imstande durch Alliterationen sich mitzuteilen dreht durch diesen Morgen. Die Sonderschule macht Ferien seine Eltern der jüngere Bruder ein begnadeter Moortreckerfahrer entschwanden zu verschiedener Arbeit, Assen Assen langweilt sich stark. Klettert an den Spalieren uns am Hause empor sich zu spiegeln im schöntrüben Glas seinen einzigen kostbaren Ohrring bestaunen angepaßt nach herrschender Mode. Wieder auf ebener Erde rollt er für Stunden auf einem Plastiktrecker den Plattenweg lang Knie und Ellenbogen angewinkelt über dem Kopf eine rumpelnde dicke Zikade Bewunderung heischend. Die wird ihm endlich gezollt er gibt noch zwei Wunden mit großen Pflastern bedeckt zu erkennen und verläßt freudig den Garten. Ruhe setzt ein ein immerwährender Regen. Die Katze schläft unter dem Dach in einem Hirtenmantel aus dem vorigen Leben. Als ich ihn in einer Steppe erwarb damit das Ländchen betrat aussem Ausland ach wassen Vergnügen so macht hier kein Ding mehr Furore. Oder Schnürstiefelchen mit roten Sohlen silbernen Schnallen. Die Kätzin träumt wohl verborgen sie solle ein Mensch sein verzieht ihren Mund. Erwacht schüttelt was ab sieht mit mir aus dem Ochsenauge in alles Fließende was so hellgrün rings in der Ebene ist. Die jungen Kühe stehen herum ohne zu fressen wie der Regen fortwährend rinnt geraten durch die einsehbare Erdkrümmung bis in die Wipfel der Bäume Pappeln und Erlen in schütteren Reihn. Wenn ich von meinem Papier mir über die Schulter sehe erschrecke ich weil sie so aufgehoben erscheinen in all dem Wasserdunst in den verregneten Scheiben die ehdem alles verschwimmen lassen den Tag in eine Mondnacht verwandeln.

Schäferstündchen

Mitten im verregneten Sommer als der Niederschlag fürn knappen Tag ausgesetzt hatte gingen wir wie im November beschlossen hin wo er mit seiner Moorschnuckenherde um ein halbes Hundert Lämmer gewachsen zu der Zeit sich aufhalten würde ins Moor unseren Schäfer besuchen. Von ferne sahen wir die Wölkchen im Grünen sprangen in ausreichenden Wasserstiefeln durch Bäche und Sümpfe balancierten den Kuchenteller die silberne Kanne mühevoll näher. Das stürzende Tortenstück war überm Abgrund zu fangen eine Kreuzotter zischte mit gespaltener Zunge was ich schon wußte da schlugen die Hunde laut an unser Schäfer hob den Blick von seiner Gazette. Thronte auf einem Wasserkanister worin im zeitigen Frühjahr die Sumpfmeise brütet majestätisch wie ein mächtiger Kaiser in Loden geschlagen. Die jüngsten Lämmer lehnten an ihren Müttern ließen sich lange bewundern doch ich mußte um schicklichen Ernst mich bemühn als unser beträchtlicher Freund über sein Bad im Moorloch jetzt sprach an den drei heißen Tagen des Sommers. Nackt mit dem Schäferstock um wieder herauszugelangen. Hörte ein und den anderen Reiher sich lange verwundern. Der Schäfer kriegte die Kanne den Teller wir nahmen das Fachblatt worin über Roquefort-Bereitung ausführlich gehandelt ward Annoncen erschienen um gute Hirten doch keine Säufer. Eine liebenswürdige Schnucke war nun gerade in eine Wassergrube gefallen. Die altmodischen Hunde gelangen mitunter in Rage so jagen wildentschlossene Schafe in volle Gräben wenn die Wölflinge anrolln. Ich zog die Kleine an den eigenen praktischen Hörnern hervor und sie dankte es mir. Es war Schlamm in meine Stiefel geraten zum Troste reichte mir unser Faun seine Filzpelerine am Hals mit der Kette zu schließen. Sie roch nach Quendel und Appelkorn und in einer Falte hatten Ameisen begonnen einen neuen Staat zu errichten. Der Wind versuchte das Kleidungsstück an sich zu bringen bis ich den Rücken ihm drehte er könne mich mal und auch kreuzweis. Ich sah das Torfmoos leuchten wie Neonreklamen letzte Wollgrasfahnen gotische Brombeerbögen.

Kuhreigen

Es gibt Zeiten da tanzen die Kühe auf ihren Wiesen. Eine führte den Reigen wohl an die anderen folgen in Reihen verneigen sich wenn der Kuckuck schön flötet. Schnüre rotweißer Leiber schweben am Stacheldraht hin setzen zierlich klumpige Füße. Ein merkwürdiger Rhythmus herrscht vor Flattern im Wind wie es sonst nur die Gefiederten in anderer Weise vermögen sich so zu bewegen.

Vineta

Es ist die dunkle die Sommerzeit dunkles Grün graue schwarze perlgraue Wolken seit vielen Tagen das bekannte Gefühl auf dem Grund der See sich zu bewegen. Der Wind erschafft Wellen rings in den Lüften kreuzlahm sind die Bäume vom vielen Verbeugen es bleibt keine Wahl ich höre sie knirschen. Einer gab die Verbindlichkeit auf ist schon zersplittert. In diesen dunkelgrünen Tagen und Nächten wehende meterlange Grashalme Kuckuckslichtnelkenkorallen beginnt der Holunder zu blühn. Sein Wohlgeruch kriecht in den Kopf verwunschene Zeit verblichnes Gelächter silberne Kirchenglocken mögen Versunkenes heben zerflattertes Erdenleben weit tragen. Ein dumpfes Glück für den der es hört und noch auf der Sternenhaut geht federnd über die tiefen Moore.

Schwarzer Vogel

Wenn ich mit dem Hollandrad das nicht zu bremsen ist aus den umgebenden Mooren rolle die Brombeerkanne am Lenker und dieses Haus vor mir sehe die altmodischen Rosen an den Spalieren die tanzenden kurzen Gardinen die goldenen Klingelschilder und Katzen hinter den Scheiben würde ich sagen wenn ich nicht wüßte daß es um meins sich handelt hier müssen glückliche Leute wohnen. Ich rede mit vollgefressenen Elstern die mir die Wäscheleine besetzen daß ich gewaschene Stücke nur noch über den Zaun hängen kann und habe im ersten Sommer in diesem Garten stürzender Bäume zwischen zwei Apfelbissen zu viel schon gewußt und neue Nachricht erhalten aber wenn ich schon anwesend bin tue ich alles was ich mir vor Jahren gewünscht hab gerate in Eifer wenn ich den Schafen die Ställe ausmiste im frischgefallenen Schnee mit ihnen trabe. Gegen Langeweile kann ich Länder verwechseln ein geringes Anwesen haben darauf Leben zu spielen ich schüttele mich vor Lachen weil alles so gut gelungen erscheint als wäre das ein herrliches Haus mit lebendigen Schafen davor obwohl es auch Kopien sein können unterirdisch durch Seile auf Rollen bewegt, ein älteres Kind steigt kurz vor dem Zaun aus dem Schulbus mit glänzenden Augen es ist mein Kind spricht verhaltener Stimme hübsche Sätze und alles sieht so echt wie im wirklichen Leben aus der Schlepper Skylla zieht seine Bahn auf dem Fluß das flechtenbewachsene Dach wird von wiederkehrenden Schwalben erkannt wenn sie die Nester verteiln und ich kann mühelos diesen gescheiterten Autodidakten in puncto Leben vergessen der sich einem schwarzen Vogel verglich als er vor Jahren auf einer Flughafentreppe zurückblieb während ich abhob in einen streckenweise bekannten Film mit völlig belanglosen Worten.

Nephelokokkygia

Heute wohnen wir im Gebirge, nachgerade der Schweiz. Wo sonst nichts zu vermelden war hinter dem Geestrand setzen die Bergwände an steigen die Wälderchen höher empor als man es glaubhaft beschreiben kann, die Wiesen sind Almen oben liegt Schnee. Schon fliegt die Alpendohle am Fenster vorüber will in der Höhe der Tragant sich verwurzeln auf ewig, der Kegel des Hutbergs blickt in mein Tal. Die Kühe glotzende Herden tragen Glocken umgebunden, in allen Spalten Gletscherraute Esparsett und der Gemswurz zärtliches Edelweiß an meines Geliebten Elbschiffermütze. Die rotweißen großartigen Hunde springen durch den Sankt-Bernhards-Paß über Wolkentische und Bänke. Der Adeler ausgebreitet über den Klüfften sagt die Lawinen mir an.

Nebel

Mitte des achten Monats während ich Wolle am Brunnen wasche kann ich meine Füße nicht mehr erkennen und lange das Haus nicht das ich verließ. Alte Weiber setzt man ins Moor aus Kiebitze hüten sie rufen mit verschimmelten Stimmen gegen den Wind und gehen allmählich verloren. Die Nächte werden länger die Träume dunkler und allenthalben stürzen Flugzeuge Bewohner des Irrsterns herunter in unwegsame Gebirge.

Styx

Den langen Nachmittag hatte ich vor dem Haus mein Spinnrad getreten daß es den Rücken gereute später die Wolle gezwirnt und gewaschen in den Birnbaum gehängt zwischen bewegte Blätter. Der große Fluß glänzte wien mächtiger Geist ein klagender Wind jagte mich vor sich her an die Fähre. Als ich dort stand weder gehen mochte noch bleiben winkte der leckere Fährmann leicht mit der Hand bevor er die Kette hinter mir schloß. So setzte ich über ins Abendrot ohne mich recht zu bedenken. Hübscher das Grün der Wiesen die Dolden der Archangelika vom geduckten Holunder schimmerten himmlisch am Wegrand. Die wenigen Höfe die ich sah auf ihren Warften hatten die Scheunen voll Heu bis unter die strahlenden Dächer aus Kupfer. Das Vieh auf den Weiden begleitete mich solange die Zäune es ihm erlaubten. Indem es finsterer wurde die Frösche in immer stärkerem Maße die harten Gesänge anschwellen ließen und das Geflügel der Nacht seine irre Wanderung in ausschweifendem Fluge begann gelangten mir Szenen aus den alten Büchern der Kindheit schnell ins Gedächtnis. Schaukelnder Boden Glockenheide auf hervorgehobenen Plätzen bestimmte mir meinen Weg an sinkenden Bäumen vorüber klappernden Stangen auf denen die Totentrompete erglänzte. Ein Schaf trat aus dem Nebel und führte mich an ein Wasser darin ein ertrinkendes Lamm versuchte sein Leben zu retten. Ich beugte mich nieder zogs aus dem Schlamm als die Alte recht dankbar erleichtert pißte mit dem Maule mich anstieß. Ich warf die Alraune weg die ich trug war es müde Winseln und Schrein aller Wesen zu hören. Verdoppelte meine Schritte in die Dunkelheit rein.

Starenwolken

Kiebitze versammeln sich neben gewaltigen Starenschwärmen auf den bleichen Stoppeln abgeschorener Wiesen wo sie der Erde Nahrung entziehn bei feuchtem Wetter. Die Sonne scheint selten in diesem Sommer und es herrscht eine Luftfeuchtigkeit vor die sich an den Wimpern noch niederschlägt der gänzlichen Haut. Ich gehe mit nassen Füßen springenden Augen lange umher die schönen Windungen im Kopf randvoller Bilder. Das Geräusch das die zusammenhaltenden Stare erzeugen ist ein Kinderwagenquietschen durch aufsitzende Türen, einhundert strapazierte Gefährte gleich nach 45 wenn eine ganze Straße ins Weichbild der Stadt aufbrach Kartoffeln und Kohlen wild zu erlangen.

Der süße Brei

Eine Wolkendecke über uns in der Ebene wie ein Dekkel über dem Kochtopf. Am Rande quillt Weißes hervor ein Bleiweiß vielleicht von alten Paletten. Die graue Farbe läßt sich gut schaun aber das Weiß sieht böse genug aus. Wir gehen auf leisen Strümpfen im Haus lachen und kosten die Suppen. Mit einem begeisterten Ausdruck in unseren Augen doch die Stäbchen die Zäpfchen dahinter erkennen es wird ein schlimmes Ende nehmen und bald.

Doppelter Boden

Sie hatten die Scheiben zerschlagen drangen ein wie der Wind zu der Zeit auch wehte. Alle waren bewaffnet. Ein schöner rötlicher Streif der Abendsonne vielleicht schwamm über die Wipfel. Ob ich jemals einem sog. Gebilde angehört hätte wollten sie wissen. Ja wer denn nicht. Wie meine Verhörer vor mir standen Lederkostüme die flammenden Blicke ich gab alles zu beim ersten Stromstoß. Vergangenes Zukünftiges die tollsten Ideen im Kopf und eine bewegliche Zunge. Sie stellten mich an die Wand zeigten den Trommelrevolver. Großer Gott sagte ich Kanonenschläge um Spatzen. Sie stießen mich in das Wasserfaß mit dem doppelten Boden. Ich kam in Karl-Marx-Stadt raus in einer ähnlichen Lage. O Deutschland hoch in Ehren sang der Kanari im Sicherheitstrakt.

Amphibischer Tag

Die Katze liegt vor dem Ölkamin darin der Sturm meisterlich heult. Die Fenster sind frischgewaschen vom Regen, es ist von Vorteil nach der Wetterseite zu wohnen und nichts trübt den Blick eh der nächste Schauer herabfällt. Dann verschwimmt mir die Welt ich stecke im Aquarium fest bis der Wind das Glas wieder trocknet. So geht es oftmals am Tag das gab es nicht in den Städten die Gardinen bewegen sich bei verriegelten Fenstern. Mitunter krepiert das Feuer in Regen und Wind, es kostet schon Mühe die Flamme zu halten. Der Himmel wird gänzlich perlmutten wo er noch schwarz war, neue Wolken zeichnen sich ab teilen und blähen sich das Spiel wiederholen. Gern reicht der Blick in die Ferne ich sehe Kühe im Moorland stehn der Steiß gegen den Wind inmitten scharfumrissener Gräser. Das Licht der elektrischen Lampe das mir aufs Papier fällt es flackert und könnte gänzlich verlöschen. Die Bäume sind erstmals gelichtet vom Frost die verstreuten Höfe treten deutlich hervor mit offenen Türen.

Glatteis

Die Mistgruben stehen randvoll. Die Güllefahrer begegnen sich oftmals am Tag und haben doch bis Ende Februar Zeit für das Glücksspiel hierzulande Lotto geheißen und es findet an jedem christlichen Freitag noch statt im Dithmarscher Krug eh Hase und Fuchs gute Nacht sich wünschen am Rande der Welt, und eines Morgens ist Treibjagd da werden die Hunde als Hasen erschossen weil alles ein Lotto ist und bei dem Spiel hat schon mancher vieles verloren und mancher ist glücklich darüber geworden: einer muß ruiniert sein mitunter sich an der Gotteswelt freun sagt das der Straßenmeister und Schneevogt wenn er am Montag das Streuen auf den gewundenen Wegen verschlief nach dem Lotto der Treibjagd den langen finsteren Nächten im Moor.

Galoschen

Das alte Haus nahm sich aus als hielte es der Garten zusammen. Große Bäume stützten, Efeu und andere Ranken überzogen die Mauern. Der Zaun, wenn er nicht fehlte, war vom ständig wehenden Küstenwind grün beschlagen, ein stumpfes bläuliches Grün, das sich auf einem Schuppen wiederfand. Eigentlich schien nur noch das Dach vorhanden, es schwebte über buckligen Steinen und diente zwölf Gänsen als Stall. Ihr hoher Gesang weckte mich, denn ich wohnte in geringer Entfernung. Sah aus dem Fenster wie es nun schneite, zusammengeknäuelte graue handgroße Flocken, das hing in den Erlen drin wie zerfetztes Papier fiel ab wenn eine Elster sich niederließ. Die Wolken schleiften über die Wiese, zerbrachen das ächzende Schilf hüllten mein Nachbarhaus ein. Nur ein einziges hellerleuchtetes Fenster lag seltsam und losgelöst in meinem Blickfeld, daß ich beschloß zumal es einen Tag vor Weihnachten war die alte Frau zu besuchen. Wie sollte das Geschenk beschaffen sein das ich doch mitführen mußte. Eine Schachtel Veilchenpastillen, ich nahm den Parka vom Haken steckte die Blechschachtel zu mir, den Deckel zierte ein Engelskopf und hielt ein Veilchensträußchen im Maul. Maul sagte ich derzeit weil mir die Köpfe der schwarzweißen Kühe des Hofhunds der listigen schnarchenden Schweine weitaus ehrlicher netter als die der meisten Menschen erschienen und ich die arglosen Tiere durch Unterscheidung präzise Benennung ihrer uns entsprechenden Merkmale nicht in Verruf zu bringen geneigt war. Nachdem ich in den Parka mich eingeknöpft hatte angelte ich mit den Füßen die grünen Galoschen unter dem Korbstuhl hervor und schlitterte über die Wiese. Auf dem Sockel der Klärgrube saß eine Krähe. Sie wetzte den Schnabel am harten Beton ihre Nasenfedern sträubten sich vor hellen Wolken, die ihre schnelle Fahrt fortzusetzen begannen. Ich atmete Feuchtigkeit ein, meine Lungen in ihrer feinen Verzweigung erschienen mir wie hübsche Blumen Glöckchen vom Steinbrech vielleicht oder die Krallen Jelängerjelieber. Die Krähe flog weg auf und davon die Galoschen trugen mich weiter. Über den Graben durch das ächzende Schilf. Noch galt es den Stacheldraht zu überwinden der die Wiese vom Grundstück des alten Hauses abschloß. Bücken niemals, eher ein Scherensprung, ja doch, und die Veilchenpastillen klappern und klirren gegen den Engel. Als ich noch sprang und bevor ich die Erde berührte, sah ich ins hellerleuchtete Fenster. Die Nachbarin stand vor dem Holztisch, ihr roter Kater war auf das Buffet gelangt und verfolgte geneigter Haltung wie sie eine ansehnliche zum Ring geschlossene Wurst anschnitt. Tochteher Zion freuheuheuheuheue dich sang sie dazu und schob mit dem Messer die grauen Locken schnell aus der Stirn. Da war ich auf der Erde gelandet, das Fenster lag einen halben Leib über mir, gab keine Einsicht mehr frei. Mein Fuß mit der grünen Galosche schlug gegen den Corpus eines ungeernteten Kürbis, drang bis zur Hälfte ein und Fäulnisgeruch ließ mich laut niesen. Zog den Fuß rückwärts schleuderte Weiches und silberne Kerne vor auf das Haus, sah dann den Zaun bewachsen von Algen und Flechten, die pflaumweiche Frucht war durch ihn geraten im feurigen Sommer es gab keine Tür. Von meinem Fenster hatte ich eine oftmals gesehen ihren Riegel die Nachbarin ziehen gehört. Der Zaun erwies sich als morsch, ich hob ein Quadrat daraus vor und als ichs zur Seite legte waren die Wolken verflogen. Kein Schnee, ein mildes glasklares Licht wölbte sich über dem unbeschreiblichen Landstück, ein Klingeln von hauchdünnen Kaffeetassen war zu vernehmen und ich sah den gesamten zärtlichen Garten in einer Wolke aus tausend emailleblauen Vergißmeinnichts liegen. Sie drängten sich auch aus jeder Fuge des lange verfallenden Stalls der einstigen Schmiede. Legten die Köpfe auf den verwitterten Amboß, Rost und hellblaues Kraut. Auch standen einige heilkräftige Fingerhüte dicht an der Schwelle, als der schnurrende fuchsrote Kater sich aus der Tür stahl die schon gesehene Wurst um den Hals. Je früher der Morgen und desto sagte die Nachbarin, warf mit dem Messer. Aber der Kater war längst ins Blaue davon die Wurst auch. Jetzt gingen wir die Gänse betrachten, näherten uns dem fliegenden Schuppen. Wie Pflanzen rankten die schmiegsamen Hälse, sie zischten in hohen Tönen uns an, schönes gelbliches Weiß unterm bleischwarzen Himmel. Jede Feder geglättet, die Augen grüngeringt starr wie Gestirne, die Füße gespreizt in den Kot. Sie waren ausersehen etwas zu melden und ihre geheimsten Daunen wärmen uns noch: dies sind meine Königinnen sprach da die Frau und nicht eine kann ich entbehren denn siehe es sind der Januar bis zum Dezember und ich lasse sie laufen das Jahr lang. Ich verschenkte den Engel die Veilchenpastillen. O wie die Gänse zusehends verwilderten. Die erste zerschlug das Eis mit dem Schnabel aus den Nüstern der Dampf troff, die zweite fraß das Eis den schwärzlichen Schnee auf bis zum Gras, die dritte ein rosenfarbenes Tier atmete die Seele aus und hieß März. Die Schwester hatte Erbsenranken im Schnabel die nächste durchflogen die Schwalben die folgende brütet den Kuckuck aus aber genug. Ich schlug lang hin die grünen Galoschen standen neben mir im fallenden Schnee.

Verlöschende Farben

Aus der Entfernung ist das Klingen einer kleinen Axt zu vernehmen. Frau Martens spaltet sich Holz für den Waschtrog das Hündchen apportiert ihr die Scheite tänzelt im dreifarbnen Fell. Zwischen ihrem und unserem Zaun befindet sich etwas mit klingendem Namen ein verwerflicher Nobelbau in diesem Landstrich schmuckloser Häuser wuchernder anlehnender Schuppen. Alles ging aus Haus Scheune und Kuhstall eines verschuldeten Bauern unkenntlich vor und sollte einem Spielsaalbesitzer im fernen St. Pauli das zweite Standbein abgeben sagen die Nachbarn mitm aasigen Lächeln. Weil sein Glück ihm ausging das Geld muß das einzige weitläufige Haus in der Runde auf das nun der Schnee sinkt alsbald zerfallen samt seinen hübschen Fenstern die der Sonnenuntergang feurig lebendig spiegelt verlöschende Farben eh noch ein Pokerspiel verdammter Seelen zuende gebracht ist im unverputzten Salon ertrunkenes Lachen verhallt. Wie erfreulich im Sommer die Brennnesseln wuchsen Steinbrech die Stufen erklomm niemanden wird man vorfahren sehen die großen Wagen verschluckte das Moor. Wir vertrauen hier alle stark der Natur und können ihr die Steigbügel halten damit sie ins Fenster gelangt. Teppiche wilder Kamille in der nächsten Saison junger Holunder der den Estrich zersprengt. Es graben die herrlichen Kaninchen schon ihre Tunneln weitverzweigt unter das Haus.

Klänge

Diesen Winter wirft sich der Bauer ins Zeug. In früher Jugend lernte er das Bandoneon spielen die Luft im Balg dressieren nahm einen Sommer in Anspruch. Jetzt bleibt für solches Vergnügen in Dur letztlich der Winter. Wenn die Katze im Taubenschlag sitzt steht der Bauer vor seinen Noten. Kreuze und gestrichenes B Bindebögen und Wiederholung. Der Lehrer im Nachbardorf sagt aus dem kleinen Kasten ist nichts zu holen wolln sehn ob ein großer sich lohnt. Solche Sprüche veranlassen ihn in der Kreisstadt das größte Akkordeon sofort zu erwerben. Vom Buchhaltungsschreibtisch unter den Rehgehörnen funkeln die landläufigen Noten der alte Hofhund redet im Traum. Wenn die Arbeit erst mal getan ist legt der Bauer den Schneewalzer hin. Der halbe Weg. Aber bald muß er Dünger ausstreun und es schlägt ihm in knapper Zeit das erneute Frühjahr sein Instrument aus der Hand. Man muß eine schnellere Gangart einlegen im Mercedes durch die Welt der Musik. Aller Ehrgeiz zieht ihn zum Gipfel. Dort stünde er eines Tages auf der Tenne vor gekalkten frostglitzernden Wänden Heuwürfel bis unters Dach. Die Akustik ist durchexerziert und während der Kastenwagen der Raiffeisengenossenschaft sich anschickt dreißig Ferkel zu bringen wirft er Blicke zum Hahnebalken haut in die Tasten und Knöpfe. La Paloma hallt durch den Kuhstall. Wehmut und rauhe Entschlossenheit die schweren Triolen endlich gemeistert. Schwalbennester stürzen herab so wehte der Wind. Hohner-Klänge vom dauernden Abschied. Die feuchten Augen der Kühe der taube winselnde Hund. Der ferne Komet zieht seine Bahn.

Zwischenlandung

Einmal vor Jahren kam ich nach Moskau und mußte den halben Tag die folgende Nacht da verbringen ohne einen Rubel in der Tasche zu haben bevor das Flugzeug abhob nach Süden. Es gelang aus meinen Notizen eine Nummer zu fischen im Gewimmel fremdländischer Menschen eine Art Telefon zu bedienen und schließlich am frühen Abend in einer Wohnung zu stehn wo die Zimmer durch Schränke in weitere Räume oft unterteilt warn und im Badezimmer auf dem Korridor Klappbetten lehnten für die verschiedenen weitläufigen Verwandten eines Professors der gleich nach dem Krieg Kulturoffizier in Berlin war und jetzt ein Spezialist für die neueren deutschen Literaturen. Seine Pflichten in einer Abendschule erfüllen verließ er das Haus. Die anderen umhergehenden Leute verstanden meine Sprache nicht ich ihre nur stümperhaft so daß ich hinter dem Schrank um die Zeit die ich hierbleiben mußte zu überstehn die Wortlosigkeit zu verbergen in einem Heft sehr beschäftigt zu schreiben begann. Die Menschen kamen und gingen sprachen mit lauten Stimmen und fühlten sich nicht verpflichtet mir den Aufenthalt angenehmer zu machen was damit zusammenhing daß meine Landsleute einige Mitglieder dieser Familie umgebracht hatten. So war denn Schreiben mein Halt und ich füllte Seite um Seite während der Tag endlich verging.

Allerseelen

Eines Tages nach Allerseelen hielt der neue Wirt seinen Einzug im Brillither Gasthaus. Dieser Platz sollte von nun an Beim Eselswirt heißen, nach Jahr und Tag noch als kein Stein mehr auf dem anderen war und wieder das Gras wuchs. Der Mensch kam an mit seinem Weib und neun sichtbaren Eseln, von anderem Getier wollten die Gerüchte was wissen, eine geringe gestrandete Arche also mit Kisten und Kasten. Bald wehten scharlachrote gebauschte Gardinen aus allen Fenstern, es klopften verstörte Burschen die sich bei der Arbeit betranken gnadenlos an Brettern herum ein Behältnis dürftig genug den Eseln zum Nachtquartier herzustellen. Weiße Augenringe wie Brillen und stachlige Mähnen, die eirunden Bäuche allenfalls heller bei den Hengsten drei Füllen tranken an ihren Müttern. So fremde südländische Tiere bei rotbunten Kälbern unter den eilenden Wolken, die schluchzenden Rufe zogen Kinder herbei darnach die Alten vom Altenteil an, Stoppelgesichter ragten über die Zäune und sprachen. Wozu. Das waren weder Pferde noch Schweine auch keine Rinder. Weshalb. Der ließ ja nicht mal für Geld darauf reiten. Solche Torheit ließ sie verstummen argwöhnisch heimwärts humpeln am Mittag. Die Dorfhunde schwankten eine Zeitlang zwischen Knurren und Wedeln schüttelten sich. Aber der Klauenschneider wiegte den bedenklichen Kopf und ging am offenen Kruge vorüber. Aus den Kisten stiegen seltene Vögel. Perlhühner durcheilten die Gärten, die Nachbarin erschien nun mehrmals am Tag mit einem Besen und drohte dem Trupp denn immer waren sie zur Herde vereinigt dauernd in Panik stets auf der Flucht. Wenn die Alte Siegerin blieb der rote Kater sich kratzte schimpften die Tiere aus der Entfernung lange zurück. Wie ein Sack Scherben klirrten die Stimmen Glas und Porzellan durcheinandergeworfen. Ein Pfau zwei Pfauenhennen drehten den Hals warfen ängstliche seitliche Blicke flogen mir über den Zaun. Unvergeßlich das Blau die Krönchen nickten wenn sie nah an der Hauswand Spinnen verzehrten. Ich streute Graupen der Bauer kam mit der Gabel aus dem Stall und vertrieb sie. Es gab gewöhnliche Hühner und Enten die auf der Speisekarte standen Katzen und Papageien auch die verschiedenen Fasanen beim Eselswirt, aber der Pfau verachtete jedweden Zwinger schlief auf dem Dachfirst in Mondschein gehüllt. Als der Winter hereinbrach der Schornstein von gegenüber fast nicht mehr rauchte die Eselsfüllen spärlichen Schnee auffraßen wechselte er auf unseren Schornstein wärmte den Steiß. Als ob das Leben ein Fest ist. Die Schwanzfedern hingen zur Erde herab im Haus war es dunkel. Am Morgen flog er davon es war hell. So nahm das Jahr ab die Tiere verschwammen im Nebel stemmten sich an gegen den Wind. Silvester verjagte der Wirt vor Mitternacht seine spärlichen Gäste Europasoldaten aus Holland weil sie kaum Gulden ausgaben ohne ein Mädchen. Er lag mit seinem Maschinengewehr auf der Theke zwischen ungewaschenen Gläsern und hielt auf die Stolpernden an. Neujahr war Zahltag. Ein Lastzug nahte die Esel wurden verladen verkauft. Die Wirtsfrau die kaum jemand zu Gesicht bekommen hatte sprang nun im Hemd auf die Straße schrie Hans Hans Mirabelle Pawel Maria und Josef näherte sich ihrem Mann mit dem Messer. Die betrunkenen verstörten Gehilfen in dreckigen Kellnerjacken überwältigten sie sie sprach immer hat er mir alles genommen stets noch Feuer gemacht. Bald darauf wurde der Gasthof erneut ausgeschrieben die Pfauen Perlhühner Papageien die feuerroten Gardinen blieben gänzlich verschwunden. Einen neuen Pächter gab es jedoch nicht. Das Haus wurde ein Raub der Flammen ein Pfau mit brennendem Rad stand auf dem Strohdach.

Trost

Aber das macht nichts je früher desto besser im Sommer ist Sommer später fällt dir der kleine Zahn Träume von Zähnen betreffen Verwandtschaft einfach so hin ins Gras

Sibirische Lerchen

Anfang Januar hat sich der Fluß mit einem hübschen Eispanzer versehn gegen die grimme Kälte und spiegelt das Licht hin und her in nimmermüder anhaltender Arbeit. Die gelben Schilfgürtel dahinter Schnee und und flimmernde Gräben das alte Schöpfwerk ertrinken in kreisenden Flocken obwohl die Sonne immer noch scheint und starker Frost herrscht seit Tagen und Nächten. Der Landstrich ist weit in den Norden gedriftet sibirische Lerchen springen im Steppengras Wölfe haben Schafe gerissen und die entfernteren Bergwerke nehmen die Gefangenen auf in ihre dampfenden Därme. Das Sonnenrädchen am Fenster als ob die physikalischen Sätze nicht gelten läßt es die Rußflügel ruhn. Die Welt nun aus einer Farbe heißt mich fürchten es sei der verbannte ukrainische Dichter dem ich jahrelang unzustellbare Briefe doch schrieb endgültig zum Schweigen gebracht.

Nach Jahren im Winter

Noch Ende des Winters wenn Sturm mir am Fenster hing oft über Wochen der Kopf dröhnte vom Krachen vom Zischen den höchsten Tönen der Südwest die Bäume verbog als wären es Ästlein, sah ich Marienkäfer auf dem Fensterbrett sich bewegen oder in den Ranken den Granatapfelzweigen fernöstlichen Teppichs. Nie unternahmen sie es zu fliegen und ich glaubte sie vor der Katze bewahren zu müssen sah aber daß sie höchstens eine Pfote auf die Kügelchen legte alsbald im Fauteuil meiner kleinwüchsigen Ahnfrau gewissenhaft sich einrollte ins Traumland entwich. Ein Sesselchen mit Dackelbeinen einem Krönchen über der Rückenlehne vorgestreckten Armen angewinkelten Pfötchen aus Zeiten in denen Möbel dem Menschen nachgebildet waren Schränke eine Taille bekamen Aufsätze wien Hütchen ein Spiegelchen für das Gesicht oftmals verwandelt. Die Marienkäfer mochten in einem Hortensienstrauß ins Zimmer gelangt sein langsam getrockneten kopfgroßen Dolden denen die Purpurfarbe des Sommers noch anhing. Daß sie nicht gleichfalls zu Mumien wurden verdankten sie wohl dem Umstand es war einer daß ich mehrere Krüge voll Wasser auf dem Ofen täglich verdampfte. Die Pflanzen vergalten es mit dunklem Grün während des Winters die alten weitgewanderten Möbel durch helleren Glanz als vor Jahren im spreutrocknen Hochhaus seiner unbeweglichen höllischen Heizung. Damals war nicht an Käfer zu denken keine Spinne kreuzte den Weg in sieben Jahren die ich dort blieb und trug einer Rosen über die Schwelle waren sie flugs in Monster verwandelt daß man sich trennen mußte. Nur verschiedene unbekannte Bazillen gelangten mit dem Luftstrom des Fahrstuhls in die hohen Etagen wo sie die Mehrheit der Menschen heimtückisch anfieln zu trauriger Krankheit. Die hübsche Frau gegenüber mir vom Anfang von Oben schon zugeteilt sie verriet sich durch rote verschleierte Augen daß ich sie mühelos identifizierte und ausschalten konnte. Erinnerung im Winter nach Jahren ich schlage einen Drudenfuß vor die Tür bin mir dankbar daß ich entkam. Blaue Nacht vor dem Fenster Licht abgelegener Höfe das Arbeit in Ställen mir anzeigt sonst gar nichts. In neun Minuten überfliegt der erste Krähenschwarm das Haus und danach scheppert der Milchwagen vorbei. Die Katze auf dem Sessel träumt von den Schwalben die als Marienkäfer sich ihr entzogen.

Schwarzes Hütchen

Johannes schickt mir seine Gesänge ich sitze im Tramontanasturm und auf Sandbänken fest an altmodischen Theken in Quarantäne immer was los hier die klappernden Schiffe jagen dem Glück hintennach den Seemann an Land und große Ängste noch ein. Stets auf der Flucht und voll Sehnsucht bilden sich seine Häfen und Länder schön aus er wartet abrufbereit an diesen und jenen Übergängen von Meer Land und Himmel mit ausgefahrnem Sextanten das schwarze Hütchen auch auf dem Kopf das fehlende Hemd näher denn der wärmende Rock. Hinter gewienerten Scheiben lebensgroßer Aquarien sieht er eingelochte Nixen sich räkeln Katzen der Südsee er bringt sie uns nah beschreibt ihre buntesten Spalten unverzichtbaren Titten wie es sich für einen gehört der die Weltmeere durchpflügt. Johannes der Täufer von Bildern Gefühlen gleich nachm Schöpfungstag begann er die Arbeit mir fliegt ein Kiebitz ins offene Maul wenn ich ihm folge.

Glastränen

Kaum sind die Thermometer unter die Nullen gefallen so beschlagen morgens und abends die Fenster und tragen ein kristallisches Muster ohne daß es zur Eisbildung kommt. Das zärtliche Kino dahinter Strahlen der Sonne des Monds Schatten von Vögeln wildgeneigte Bäume erfreut schon die Augen das hübsche Milchglas geht aus dem Atem zahlreicher Phylokakteen nicht vorhandenen doppelten Scheiben hervor und nie seit ich den Kinderschuhen entwuchs hielt ich mich wieder in Häusern mit Fenstern wie diesen hier auf das war ein Fehler. Wenn der Glanz von Innen wahrgenommen ist auf längere Zeit wildes Verlangen aufkommt die Baumleiber draußen und die Äste korrekte Miniaturen derselben wieder und wieder deutlich zu sehen bleibt nichts als ein Loch mit dem Ärmel in das verzierte Etwas zu wischen wodurch sich nach einiger langen Weile Rinnsale bilden fädige Spuren fließender steiler Tränen ein frivoles Spiel dem nur noch wenige frönen.

Holzsegen

Es ist die Zeit in der die Knicks ausgeholzt werden. Weithin scheinende Blessen allerorten an den verschiedenen Sträuchern gestauchten Bäumen und lockre Haufen der Zweige der Äste sammeln sich in den Gräben. Die Bauern die Wegelagerer machen einen grobschlächtigen Schnitt aber die schwarzen geschundenen Kerls vergelten es ihnen im Frühjahr stets noch durch dreifachen Wuchs sie bilden sich zu Windkämmen aus mit denen zu rechnen ist wieder ein Jahr lang. Wenn die kleinen ländlichen Motorsägen wüten und schrein ihr Weg zeichnet sich hell leuchtend ab in schneeloser Zeit und Frost muß herrschen daß die Sägenden leichtfüßig sind nicht versinken, so werden die Tage schon einen Hahnenschrei länger und Gänse fliegen über die Häuser weit in die Marsch.

Stück Natur

Ins unbewohnbare Sumpfland sprudelndes Wasser nach jedem Schritt ausgesetzt sein, ein Stück Natur das sich durchbeißt. Der Sturm gibt die Richtung er kennt keinen Rückweg die überwinternden slawischen Krähen müssen seine Straße jetzt ziehn schwarze gleitende Wolken unter den andern und rufend. Ausgeblichene Gräser dunkle Maulwurfshügel geneigtes abgestorbenes Holz begleiten uns lange.

Inhaltsverzeichnis

Gefördert durch den Deutschen Literaturfonds e.V.

CIP-Kurztitelaufnahme der Deutschen Bibliothek

Kirsch, Sarah:
Irrstern: Prosa / Sarah Kirsch. – 2. Aufl. –
Stuttgart: Deutsche Verlags-Anstalt, 1986.
ISBN 3-421-06202-1

Typographie: Hans Peter Willberg
Die Radierung auf dem Umschlag
ist der Mittelteil eines Sarah Kirsch
gewidmeten Triptychons von
Friedrich Meckseper
Gesetzt aus der Walbaum-Antiqua
Satz und Druck: Offizin Chr. Scheufele, Stuttgart
Bindearbeit: Wilhelm Nething, Weilheim/Teck
Printed in Germany